SISYPHUS

Brane Mozetič, geboren 1958 in Ljubljana. Lyriker, Erzähler, Essayist und Übersetzer (Rimbaud, Genet, Foucault u. a.). Redakteur der ersten slowenischen Schwulenzeitschrift, Mitbegründer und Programmdirektor des slowenischen LGBT Film-Festivals (1984), Redakteur der Buchreihen *Aleph* und *Lambda*, Herausgeber mehrerer LGBT-Literaturanthologien.

Mozetič ist der meistübersetzte zeitgenössische slowenische und einer der meistübersetzten zeitgenössischen europäischen Dichter. Sein Werk umfasst fünfzehn Gedichtbände und drei Romane sowie Kurzgeschichten, Literatur für Kinder und dokumentarische Bücher. 2003 und 2019 erhielt er den Simon-Jenko-Preis für den besten slowenischen Lyrikband der letzten zwei Jahre, darunter für den Gedichtband *Banalien*, der in 12 Sprachen übersetzt wurde. Auf Deutsch liegen die Romane *Schattenengel* (2001), *Die verlorene Geschichte* (2006), *Umarmungen des Wahnsinns* (2018) sowie die Lyrikbände *Schmetterlinge* (2008), *Banalien* (2010) und *Banalien 2* (2016) vor.

Aus dem Slowenischen von Andrej Leben

Titel der Originalausgabe: In še. Ljubljana: Škuc, 2007 (Lambda, 66)

Korrekturen: Erwin Köstler

Umschlaggestaltung/Buchgestaltung/Satz: www.gaijeger.at

Coverbild: Foto von Rakicevic Nenad von Pexels

ISBN 978-3-903125-72-8

20,80 Euro

SLOVENIAN BOOK AGENCY

EUROPEAN UNION
EUROPEAN REGIONAL DEVELOPMENT FUND
INVESTING IN YOUR FUTURE

Mit finanzieller Unterstützung der Republik Slowenien und der Europäischen Union – durch die Javna agencija za knjigo RS / Slovenian Book Agency und den Europäischen Fonds für regionale Entwicklung.

BRANE MOZETIČ
Und mehr
Banalien 3
SISYPHUS
Gedichte

Flugzeuge waren etwas Magisches. Die Düsenjets
zeichneten lange weiße Streifen in den Himmel und
die kleineren Flieger brachten uns Botschaften.
Sie streuten kleine Zettel aus, rote, gelbe, grüne,
die der Wind über die Felder, in Richtung Wald trug,
und wir liefen hinterher, um möglichst viele davon
einzusammeln. Es waren Flugblätter für ein Fest
oder einen neuen Zirkus in der Stadt, oder Botschaften,
die ich nicht recht verstand. Der Flugzeuglärm
brachte ein Ereignis, etwas Freudiges. Und wenn sie
sich entfernten, schauten wir zur Sonne hinauf, wo
am Himmel die geheimnisvollen Mitteilungen
wirbelten. Als man mich zur Flugschau mitnahm,
hielt ich mir fest die Ohren zu, wenn sie die Schallmauer
durchbrachen. Überall Flieger. Fallschirmspringer,
die mit ihren Fallschirmen vom Himmel fielen wie
vielversprechende Botschaften. Schwerelos wie unsere
Liebschaften, die durch die Luft wirbelten, und
uns ein wohliges Kribbeln im Bauch bescherten.
Später, viel später, waren diese Liebschaften anders.
Sie blieben reglos im Magen liegen. Ihr Gewicht
erdrückte mich. Sie nagten an mir. Sie wurden
feindlich. Wie die Flieger, die schwerer wurden,
lauter, Drohungen trugen. Sirenen kündigten
ihr Kommen an, und wir liefen nicht hinaus, um
die vielfarbigen Zettel abzufangen, sondern

versteckten uns unter der Erde, damit uns ihre Botschaften nicht erreichten. Neue Lieben und neue Flieger machten mir Angst. Ich wusste nie, ob ich sicher landen würde. Oder ob ich in der Luft, im Flug, zerschelle.

ALS ICH IRGENDEIN BUCH AUFSCHLAGE, STÜRZT ALLES MÖGLICHE auf mich ein. Lost in Space, The Saint, Baden im Moor, knallbunte Salamander, die Kröte, die dich anpisst und lähmen kann, der Hunger in Biafra, Fähnchen, Fähnchen, der erste Kuss – nein, ich kann mich einfach nicht erinnern, mit wem ich den ersten Kuss erlebt habe. Oder wie es sich angefühlt hat. Und die Demonstrationen für Kärnten, das Massaker in Sabra und Shatila, die erste unglückliche Liebe – hat es denn eine glückliche gegeben. Die Vergangenheit ist ein Konstrukt. Ich stelle sie zusammen, wie es mir passt, aber meistens strahlen große schwarze Löcher in ihr. Ich habe die Zettel noch, die du mir hinter die Scheibenwischer gesteckt hast, obwohl ich nicht weiß, was ich mit ihnen soll, was sie damals bedeutet haben und wie sinnlos sie heute sind. Ich sollte vernünftig genug sein, um mit all dem aufzuräumen. Ich ernähre mich von all diesen Bildern, weil mir die Gegenwart nichts Interessantes bringt. Auch im pumpvollen Klub in San Francisco ist mir langweilig, entblößte Körper verrenken sich zum Rhythmus der Musik, und alles ist so vorhersehbar wie die Bomben, die auf den Irak fallen. Flieger ohne Piloten, Körper ohne Piloten. Ich sollte verrückt genug sein, um das alles hinter mir zu lassen.

TÄGLICH UNTERHALTE ICH MICH MIT MEINEN VERFLOSSENEN Liebhabern. Wenn auch schweigend. Wie viele sind es gewesen? Hundert, zweihundert, vielleicht weniger. Wie viele Stunden Nähe pro Monat? Die übrige Zeit machten sie mich krank. Wie viele wenige Momente der Berührung. All diese winzigen Ekstasen müsste ich aus dem Dunkeln holen. Immer überrascht mich das Vergessen, wenn ich jemanden von ihnen betrachte und versuche, mich an seine nackte Haut zu erinnern, ob er im Bett gestöhnt hat, ob er mir vertraut. Als hätte ich alles abgetötet. Und wollte es jetzt wiederbeleben. Ich habe nicht das Gefühl, auf ihm gelegen zu sein. Selbst wenn ich es mir klar mache, finde ich es unwahrscheinlich. Als ob er nicht er oder ich nicht ich wäre. Eigentlich tut das weh. Warum kann ich mich viel besser an den Schmerz erinnern, die Trennung. Und wenn ich ihn betrachte, ist etwas Unausgesprochenes zwischen uns. Ein kühles Band, das verbindet und schneidet. Wenn ich ihn berühre, zuckt er. Alle meine Verflossenen zucken. Hundert, zweihundert, vielleicht weniger.

ICH VERSUCHE MICH ZU ERINNERN, OB ICH DICH GELIEBT HABE. Und wie es sich angefühlt hat, zu lieben. Heute muss ich das Foto ansehen, um mich an dein Gesicht zu erinnern. Du stehst in meinem kleinen Zimmer, vor der Tür, nackt. An der Wand das Telefon, an der Tür ein Fetting-Poster. Ich mustere deinen Körper bis ins Detail und muss zugeben, dass ich mich mehr an die Einrichtung erinnere. Meines Zimmers, in das du selten kamst, weil es fast leer war. Deines Zimmers, ich sehe dich im Bett, wie du durchs Objektiv schaust. Auf deiner Haut Spuren meines Bisses. Oder eines heftigeren Kusses. Ich höre dein Lachen und Murren, wenn ich mich nachts aus deiner Umklammerung befreien will. Wie oft hatte ich Nackenschmerzen. Bis zu jener Nacht, als dein Bruder aus irgendeinem Grund ins Zimmer kam. Erst als die die Tür wieder zuging, wurden wir wach. Und dann Geschirrgeklapper in der Küche. Es muss ein Schock gewesen sein. Den Bruder im Bett zu erwischen, wie er einen Typen umarmt, und noch dazu einen weißen. Damals änderten sich die Dinge. Über dir hing die Angst. Wie sehr wünsche ich mir dich zurück. Heute. So wie du auf den Fotos bist. Und mich, so wie ich damals war.

Die Hitze macht mich geil. Ich bewege mich gern zwischen nackten Körpern, die sich der Sonne aussetzen. Manchmal trösten sie mich. Körper scheinen langsamer zu altern als Gesichter. Sie leuchten vor meinen Augen. Gestern bemerkte ich bei den Kabinen einen Teenager. Er huschte ständig herum. Mit diesem unsicheren Schritt. Er kam aus einer Kabine und ging wieder zu seinem Handtuch. Seltsam war, dass er die Tür hinter sich schloss. Erst nach einer Weile kam ein glatzköpfiger Mann aus derselben Kabine. Das weckte mein Interesse. Was war los mit dem Burschen, der so ruhig neben seiner Mutter lag. Es hatte zumindest den Anschein, dass die Frau, mit der er sprach, seine Mutter war. Ich schaute zu ihnen hin, um ihm aufzufallen. Obwohl ich keine Glatze habe. Noch nicht. Als er wieder zu den Kabinen lief, ging ich ihm nach. Ich verfolgte ihn durch das Labyrinth, bis wir uns in einer Sackgasse wiederfanden und er sich umdrehen musste. Wir standen da. Ich schaute ihm in die Augen, er aber zitterte. Was zahlst du, zischelte er. Mir schoss das Blut in den so schon erhitzen Kopf. Jeder Cent wäre zu viel, dachte ich mir. Er öffnete das Handtuch, sein steifes Glied kam zum Vorschein. Mir aber fiel der erste Typ ein, den ich mit zu mir genommen

habe. Er hatte sich am Bahnhof herumgetrieben.
Er war schmutzig, obwohl zwischen seinen Papieren Boštjan Hladniks Telefonnummer steckte.
Womöglich wollte er Schauspieler werden. Mit diesem göttlichen Körper und dieser Haut, von der ich mich nicht trennen konnte. Er blieb zwei Tage, dann ging er, um sich woanders herumzutreiben. Außer der Erinnerung an seinen verschwitzen Körper, es war Sommer, hinterließ er mir die Krätze, sodass ich mich mit einer saumäßigen Salbe einschmieren musste. An sein Gesicht erinnere ich mich nicht mehr, ich weiß aber, dass seine Haut wunderbar braun war.
Vielleicht öffnete er allen weiteren Herumtreibern die Tür.

OFT, WENN ICH NEBEN LEUTEN GEHE, PACKT MICH DAS GEFÜHL, dass ich mich durch die Hintertür in diese Welt geschlichen habe. Die Körper machen Schritte, schwingen entschlossen mit den Armen, als würde die Welt ihnen gehören. Ich starre zu Boden, unentschlossen, denn ich weiß nicht, was ich hier suche. Vielleicht hätte ich irgendwann früher leben müssen, oder irgendwann später. Vor diesem Zweifel. Danach. Hätte ich denn der Gewalt überhaupt entgehen können. Ich versuche meinen Körper vor den Schlägen mit dem Kochlöffel zu schützen, kriege aber eins auf die Finger, nicht nur auf den Hintern. Als ich Kind erniedrigt im Dunkeln liege. Als ich von schönen Dingen träume. Es fällt schwer zu vergessen, wenn du geschlagen, beschimpft wirst, wenn dir jemand mit aller Gewalt den Willen bricht und dich vergewaltigt. Warum schreibe ich das? Weil ich hoffe, dass ich die Bilder dann loswerde? Oder die Fragen, warum wir so gewalttätig sind, warum wir so gern quälen? Oder um mich von den Gedanken an dich abzubringen, an deinen Kuss, der mir nicht aus dem Sinn will, an deinen Körper in meinen Armen, den ich endlos streicheln wollte. Einen Augenblick lang hatte ich vielleicht das Gefühl, dass auch du nicht aus dieser Welt bist, dass ich auf dich zählen kann.   Wenn es mir einmal schlecht geht. Eigentlich fühle ich mich am schlechtesten, wenn du mir den Kopf an die Schulter legst   wenn ich deine Haut spüre   dein Haar. Und ich weiß selbst nicht, warum.

Du gehst, und ich kauere mich nackt im Bett zusammen und zittere. Vorher küsst du mich noch flüchtig auf den Mund, als wäre es dir ein wenig peinlich. Mir gefällt deine Verlegenheit. Ich ziehe die Decke über den Kopf, es ist Morgen, und spule immer und immer wieder die ganze Nacht in mir ab. Hundertmal ziehe ich dich aus, und du spielst alle angelernten Porno-Szenen durch, bäumst dich schließlich über mir auf, spritzt dein heißes Sperma auf mich und schaust mich stolz an. So kindisch führst du dich auf. Doch am meisten liebe ich dich, wenn du schläfst und ich außerhalb deines Drehbuchs über deinen Körper spazieren kann. Wir bräuchten nur den Schlaf und die Drogen, um uns zu lieben. Sie machen dich so weich, sie lösen dir die Zunge, du sagst mir Dinge, die du sonst sicher nicht sagen würdest. Ich ziehe die Decke über den Kopf und hundertmal, tausendmal bist du wieder auf mir, ich träume, dass du aufgestanden und gegangen bist, ich träume, dass sich alles gedreht hat und ich mich nicht getraue aufzuwachen. Als würde der Tag ganz woanders beginnen und alles wäre nur ein Traum gewesen und ich wäre wieder sieben Jahre alt, in einem anderen Land, ich würde wieder in die Schule müssen und alles würde sich wiederholen, dich aber würde es nicht mehr geben, weil es dich und weil es mein Leben nie gegeben haben würde. Denn dann würde ich unachtsam sein, irgendwie in Gedanken verloren, und ein Auto würde mich totfahren,
wenn ich die Straße überquere.

ICH TRÄUMTE, DER STAATSPRÄSIDENT SEI ZU UNS GEKOMMEN. Und jemand von der Regierung, aber mir fällt nicht ein, wer. Ihr macht das schon, alles wird gut, sagte er. Ich aber sagte, nichts wird gut. Und die Schwulen kamen einfach nicht daher, die einen verspäteten sich, die andern waren verhindert. Der Präsident wartete und wartete. Ich sagte: Wissen Sie, Schwule sind wie verirrte Vögel in einem Labyrinth aus Glas, sie fliegen die Gänge entlang und knallen gegen die Scheiben. Sie liegen überall herum, nackt, mit gespreizten Beinen. Dann kam Alison Bechdel und sagte mir, dass sie für Männer ihr Buch nicht signieren werde. Sie sah aus wie Nathalie, nur spuckte sie nicht. Ich brauchte eine wärmende Berührung, die Sauna war kein idealer Ersatz. In der Dunkelheit war nicht viel zu sehen, man sah aber durch die Glaswände, in die Korridore mit den durchgedrehten Vögeln, in die Kammer nebenan mit dem Sling, in den sich ein Jüngling gelegt hatte, und ein anderer bearbeitete unermüdlich seinen Arsch, er fickte und fickte ihn. Wir starrten dorthin und sabberten, bis es mir zu heiß wurde und ich rausmusste, ohne das Ende der Vorstellung abzuwarten. Vorsichtig stieg ich über die herumliegenden Körper, nur die glitzernden Augen waren zu sehen, ich sperrte mich in eine der mittelalterlichen Steinkammern ein und wartete darauf, dass sie verging, die Angst, die Angst, die Angst.

Ich begegnete ihm zum ersten Mal nach fünfunddreissig Jahren, und allem Anschein nach handelte es sich um den Jungen von damals, auch wenn ich den Kerl, der mich anstarrte, nur schwer mit ihm in Einklang bringen konnte. Aber es gab eine Ähnlichkeit mit dem Burschen aus der Erinnerung oder besser gesagt auf einem vergilbten Foto, das ich aufbewahrt hatte. Er sagte, ob ich denn wirklich nicht mehr wüsste, wie wir damals mit den Händen in der Pfütze wühlten, und redete von Dingen, die mir einfach entfallen waren. Denn für mich gab es nur eine Erinnerung, und jetzt hatte ich Angst, dass er darauf zu sprechen käme, dieser Kerl, von dem ich mir nicht vorstellen konnte, dass ich mit ihm beim Schweinestall hinaufgeklettert bin, dass ich dann sein Geschlechtsteil berührt habe, und doch führte er mich dem in der Erinnerung immer näher, schon ist er bei den Hasen neben dem Schweinestall, ich muss umdrehen, mich irgendwie herausreden, abhauen, als er immer noch, hinter mir stehend, redet und ich mir nicht vorstellen mag, dass die Jahre vergangen sind, ich mag nicht diese Abrechnungen mit der Zeit. Vielleicht liege ich deshalb so gern neben dir und wundere mich, warum es so weh tut. Ich versuche mich noch fester an dich zu schmiegen, ich will, dass du mich ganz festhältst, und nie ist es fest genug. Ich erzähle dir lauter Unsinn, du rasierst dir den ersten Flaum ab, glücklich, weil du in mich stoßen kannst, und wir beide uns wünschen, dass unser Verknäueln Stunden dauert. Stundenlang spüre ich dich noch, wenn du schon gehst, und alles tut so weh. Sicher bei meinem ersten Freund, war er das wirklich? könnte mir dieser Kerl das vielleicht sagen? war es wirklich die erste Zärtlichkeit und sogar Liebe? sicher hatte ich damals keine Ahnung davon, dass die Liebe immer weh tut und es keine Erklärung dafür gibt, warum ich so leide, wenn wir uns küssen und es schön sein müsste.

Auch diesmal hat er Verspätung. Ich habe alles vorbereitet und schaue auf die Uhr. Doch ich rufe nicht an. Als er endlich da ist, ist er geladen mit Worten, die durch den Raum kullern, schon sitzt er, schon dreht er sich einen Joint, ich schaue ihn nur an, lege wortlos die Drogen vor ihn hin, sodass er grinst, als wäre er nur deshalb gekommen. Wir trinken und dröhnen uns zu, weil wir uns wohl nur auf diese Weise ertragen. Oder nur so damit anfangen, uns auszuziehen, zu betatschen, obwohl ich ihm ansehe, dass er immer betrügt. Er zieht mich an der Hand, schleppt mich ins Bett, als mir schwindlig ist, vom Stoff, von ihm, der auf mir liegt und mit unseren Verschlingungen beginnt, die stundenlang dauern, und wir schaffen es nicht, nur irgendwas zu sagen, weil die Zunge schwer ist, weil wir einander nur verschlingen können, weil wir wissen, dass wir uns nüchtern niemals lieben würden, und wir nicht wissen, ob wir uns darum weniger mögen. Selbst wenn er schon schläft, umarme ich ihn wild, im Schlaf heult er wie ein Wolf, er fragt: Ist noch was da, damit uns womöglich noch das Herz explodiert. Jedesmal sage ich mir, ich rufe ihn nicht mehr an, ich melde mich einfach nicht mehr, ich kann zwischen ihm, der Droge und dem Sex nicht mehr unterscheiden, alles hat sich vermischt, als würden wir uns nur noch dafür treffen, als würden wir nur noch dafür existieren.

Wir lernten uns in der Dampfsauna kennen. Er sass neben mir und fing an, seinen Körper zu streicheln. Mit einer Hand streichelte er dann auch mich. Nackt, schweißtriefend, lautlos keuchend verfingen wir uns ineinander. Wie lange halten wir das aus? Kurz kam mir vor, dass wir Gegenstand eines wissenschaftlichen Experiments sind, dass die Kammer mit präzisen Geräten abgehört wird, dass jemand meinen Herzschlag verfolgt. Meine Wunde am Bein begann zu bluten. Die Hitze hatte sie geöffnet. Ich verschlang ihn, schnappte nach Luft. Ich trug mit dem Finger das Blut auf seinen steifen Penis auf, umwickelte ihn mit einem Papiertaschentuch und machte von ihm einen Abdruck für die Ewigkeit. Wie lange dauert es, bis Blut verblasst? Der Abdruck wird zumindest mich überdauern. Wird man uns rausziehen, wenn wir ohnmächtig werden? Keine Ahnung. Ich schreibe keine Worte, die etwas bedeuten. Ich schreibe Worte, die nichts bedeuten.

ICH MUSS LACHEN, ALS ICH SEHE, WIE ER SICH SCHON zum zweiten Mal an diesem Abend sorgfältig das kindliche Gesicht rasiert. Damit er mich nicht sticht. Wie er mit der Klinge ein paar Härchen von seiner Brust entfernt, damit er genau dem Bild entspricht, von dem er glaubt, dass es mir gefällt. Wie er seine und meine Hände betrachtet und etwas tollpatschig sagt: Wie kann es sein, dass deine Haut so weich ist. Wenn ich in der Zeit zurückgehen könnte und du würdest hier auf mich warten, dann würden wir uns vielleicht verstehen, sage ich. Aber wir verstehen uns doch, Brane, flüstert er. Ich muss lachen, weil er solchen Unsinn daherredet. Wie hell und einfach für ihn alles ist. Als gäbe es keinen Schmerz. Die Mädchen drehen sich nach ihm um, die Jungs winken ihn zu sich. Abends lachen sie im Park, sie halten sich an den Händen, hören Musik, ich dagegen habe das alles versäumt, unwiderruflich. Ich betrachte ihn, wenn er mich küsst, wie er sich bemüht, den Unterschied zu verwischen, wie er mich, sich, gern überzeugen würde und auch noch nicht verstehen kann, warum ich manchmal einfach so dasitze, leer aus dem Fenster schaue und schweige.

Ich verkroch mich in meinem Stuhl, in Männergesellschaft, starrte zur Tür, streifte mit den Blicken gelegentlich die Gesichter um mich herum und erinnerte mich, dass man mich gelehrt hatte: Schau finster, verzieh deinen Mund, steck die Hände in die Hosentaschen, geh breitbeinig, tu lässig, spuck öfter aus, und du wirst dich vor niemandem fürchten.
Schon die Teenager gehen so. Auch die Typen, die
durch die Tür ins Café hereinkommen. Nur rauchen
sie nicht, weil sich die Zeiten geändert haben. Bis dann ein Bursche hereinkommt, mit dem ich sofort Blicke austausche, etwas in seinen Augen sagt mir, dass ich nicht mehr der Einzige auf fremdem Territorium bin, ich atme leichter, der Albtraum mit dir kommt zurück, ich spüre deinen Atem, wie du mich anstarrst, und der Bursche setzt sich gegenüber, ganz leise, wir sind so verstreut in der Welt, wir sitzen so einsam auf unseren Stühlen. Er trinkt Wasser.
Du hast auf mich vergessen, ich rufe vergeblich an,
die Nummer ist nicht erreichbar, der Bursche aber beugt sich zu mir, sagt ganz leise und ruhig: Fick, so oft
du Gelegenheit hast. Alles andere hat keinen Wert.
Er steht auf, dreht sich um, ich weiß nicht, ob ich mir das nur einbilde, steckt die Hände tief in die Hosentaschen, geht breitbeinig zur Tür und spuckt aus.

MEINE BUBEN LESEN NIE MEINE BÜCHER, eigentlich verachten sie sie, tun so, als gäbe es sie nicht, nur ins Ohr flüstern sie mir: Ich liebe dich, was immer das bedeuten mag, und ficken dabei. Sie lieben es, ihr Sperma auf mich zu spritzen. Das ist ihre Art zu schreiben. Sie erzählen mir Geschichten aus ihrer Welt, die ich alle für erfunden halte. Sie haben keine Logik, darum ist es besser, dass ich nicht frage, einfach still bin und ihnen erstaunt zuhöre. Sie wissen wenig über die Welt um sie herum. Sie kommen in ihr auch nicht zurecht. Ihre großen Körper passen nicht zu ihren Kinderköpfen, ihren warmen Augen, wenn ich sie küsse und sie nicht glauben können, dass ihnen das wirklich passiert. Eigentlich haben sie recht. Ich kann mir ja nicht einmal vorstellen, dass meine Verwandten meine Bücher lesen, sagen wir nach dem familiären Mittagessen, und Oma würde sagen: Schau an, was er da schreibt …

WAS TUN, WENN DER LESESAAL VOLL IST BIS AUF EINEN EINZIGEN Platz gegenüber dem Typen, der irgendwelche Skripten studiert. Verlegen schaut er mich mit seinen wilden asiatischen Augen an. Er schaut durch mich hindurch. Doch jetzt ich bin schon zu nah, um noch umzudrehen. Er nickt, krempelt die Ärmel hoch, betont seine Männlichkeit, nur für den Fall. Lässig kaut er seinen Kaugummi, dass es den frischen Geruch zu mir herweht. Ich blättere in meinem Buch, er starrt auf seine Diagramme, der Ozean brandet an die Küste, manche haben noch Boote, die sie in den Wind schicken. Wie viel werde ich lesen, wie viel wird er lernen können. Schlagen unsere Herzen im gleichen Rhythmus, nur jeweils auf die andere Seite. Wir sitzen da, sagen nichts, wir kennen uns nicht, manchmal streifen sich unsere Blicke, ich habe keine Lust auf meine Angst, und nicht auf seine, auch wenn er mich an der Hand nehmen würde. Als hätte der Tag keinen Sinn und ich nichts mehr zu lernen. Da kommst du durch den Saal, schlenkerst unbeholfen mit den Armen, wie immer. Zornig musterst du den Studenten, dann beugst du dich zu mir und flüsterst: Komm schon, ich liebe dich, lass uns gehen. Der Bursche gegenüber errötet ich aber   als spürte ich nie deine

hörte immer weniger   sähe immer weniger

von dir

WARUM VERSUCHEN WIR UNS DENN ZU LIEBEN? DAMIT WIR jemanden anrufen können, damit uns überhaupt jemand anruft, damit jemand gewillt ist, sich mit unserem Orgasmus zu befassen? Die Haut erschlafft mit der Zeit, du schleppst sie hinter dir her, keiner hebt sie für dich auf. Du kannst nicht mehr nach Saunaluft gieren, auf öffentlichen Toiletten knien, deine Augen sind melancholisch. Du gehst in den Laden, kaufst zwei Orangen, zwei Kakis, zwei Pfirsiche, über das Wasser herüber dröhnt die Großstadt, in deinem Kopf aber spulen sich drei Filme ab. Du schlägst ein Buch auf, ein Wörterbuch, ein zweites, der Schnee glitzert in der Sonne. Du schreibst Sätze, auch wenn dir nicht klar ist, was aus ihnen wird. Das war dir nie klar. Der New Yorker Wahnsinn stachelt dich auf, die Pariser Dekadenz saugt dich aus, zwei Tote rufen dich an, Ljubljanas Trübsal sendet aus der Ferne schwache Lichter, Willenlosigkeit. Du schälst zwei Orangen, zwei Kakis, zwei Pfirsiche. Der Körper schrumpft. Mit Grauen betrachte ich die Ecken meines Zimmers.

Der Typ liegt auf dem Gehsteig, am Rücken, regungslos,
Blut läuft aus seinem Mund, ein kaum sichtbarer, dünner Strahl,
Sirenen, hat er sich in die Tiefe geworfen, oder ist er einfach
umgefallen, an einem solchen Tag, Audens Hundertster,
eine graue Dame unterhält das Publikum, ihre Hose
ist zu kurz, Weiße tragen immer zu kurze Hosen,
Schwarze zu lange, doch im halbleeren New Yorker
Auditorium ist keiner, wen auch sollte Auden noch
interessieren außer die Schwuchteln, Ashbery mit Krawatte,
und der eine mit seinen Die Stunden, oder wer immer, im
violetten Hemd, in meinem Land ginge das nicht durch,
auch wenn wir keine Schwarzen haben, alles läuft bedacht ab,
alle sind sehr cool, auch wenn er vielleicht in öffentlichen
Toiletten herumgestanden ist und mit erhobenem Zeigefinger
gesagt hat: Je mehr du liebst, desto einsamer fühlst du
dich. Und der Typ liegt auf dem Gehsteig, am Rücken,
regungslos, Blut läuft aus seinem Mund.

Als du zwei Stunden zu spät kommst, erübrigt sich jedes Wort. Du wunderst dich über meine schlechte Laune. Du ziehst dein Shirt aus und zerrst mich ins Bett. Als ob das seit Jahrzehnten so läuft. Er nimmt mich in die Arme, seine Augen aber sagen, ich soll doch froh sein über dieses Geschenk. Ich empfinde es als Strafe. Ich muss irgendwas falsch gemacht haben, dass ich für mich immer eine Strafe finde. Ich beiße die Zähne zusammen und schweige. Er stöhnt, ich schweige. Ich starre an die Decke. Es schneit. Am Bildschirm läuft nichts. Kein Ton. Kein Bild. Ist seine Haut vor dem Orgasmus wirklich anders als danach?
Wenn du dich nächstes Mal verspätest, ziehe ich mich nach zehn Minuten an und steige ins Auto. Ich fahre zwei Tage und zwei Nächte. So weit wie möglich. Dorthin, wo ich die Sprache und das idiotische Geschwätz nicht verstehe. Ich suche mir einen Typen für eine Stunde, bezahle, mache ihn mir zum Geschenk, dann geht er, ohne blöd zu schauen und zu fragen, was es zu Mittag gibt.

Der Vollmond schien sanft zum Fenster herein. Ich war noch klein und schlief in einem der Betten, mein Cousin war schon groß und schlief im andern. Im Halbdunkel stand er auf und ging im Zimmer herum. Am Morgen wusste er nichts davon. Großmutter sagte: Wahrscheinlich hat der Mond ihn geführt. Mir war nicht klar, wie er das tun hätte sollen, er ist allein gegangen, außerdem hat der Mond keine Hände. Aber es blieb dabei, dass der Mond ihn gern führte. Mich wollte er nie führen. Dann vergaß ich die Sache, oder ich hakte sie ab, wie die andere Sache mit dem Hasenschwanz. Ich hatte das Gefühl, erwachsen geworden zu sein, obwohl ich mir nicht ganz sicher war. In einer Zeit besonderer Leidenschaft kaufte ich mir in einem Sexshop Handschellen, um mich ans Bett fesseln zu können, oder jemand anderen. Dann lagen die Handschellen in der Schublade herum. Als noch die Idee mit dem Erwachsensein in sich zusammenbrach, hatte ich manchmal das Gefühl, dass ich nachts herumlaufe. Eines Morgens überraschte mich ein offenes Fenster. Weil Vollmond war, konnte es sein, dass mich der Mond geführt hatte. Ich wohnte in einem Hochhaus – die Fenster offen, der lockende Mond. Wenn ich meine Vorliebe für Tiefen dazunahm, musste ich das Allerschlimmste verhindern. Mir war egal, ob das mit dem Mond stimmte, oder die andere Sache mit dem Hasenschwanz, auch die sexuellen Phantasien waren mir nicht mehr wichtig, von da an fesselte ich mich immer, wenn Vollmond war, mit den Handschellen ans Bett und schlief friedlich ein.

Ich müsste einen ganze Menge Leute anrufen, müsste sie treffen. Stunden verrinnen, Tage vergehen, als wäre ich nicht sicher, was ich auf dieser Welt soll. Mir ist nie in den Sinn gekommen, dass jemand einfach deshalb unbeschwert ist, weil er einen großen Schwanz hat. Er positioniert sein Ding genau so, dass jeder Blick unweigerlich auf die Ausbuchtung in der Hose fällt. Seinem Gang, seinem Lächeln ist anzusehen, dass er mehr nicht braucht. Sein Dasein in der Welt ist ihm sicher. Wenn ich an fremde Orte reise, komme ich ins Stottern und kann überhaupt keine Sprache mehr. Beim Übersetzen schaue ich ständig im Wörterbuch nach, ich bin mir nie sicher. Wenn ich schreibe, ist alles zusammen witzlos, ich will über nichts schreiben. Mein Körper gehorcht mir nicht, er zittert und hat Angst. Mein Kopf gehorcht mir nicht, er verbindet die Gedanken nicht miteinander, meine Augen wollen nur zufallen, mein Herz rast ohne Grund. Was würde ich brauchen, damit mir alles leichtfällt. Noch einmal von vorn anfangen. In seinem Alter sein, überzeugt, dass ich unverwundbar bin. Komm, damit ich einen Augenblick lang vergesse …

ICH VERSUCHE AUS DEM FENSTER ZU SCHAUEN. ICH HALTE MICH am Fensterbrett fest und stehe auf den Zehen. Ich sehe all die Blumen, die Gräser, den Wind, der durch die Baumkronen rauscht. Und spielende Kinder, die einander jagen, Kinder sind boshaft. Ich setze mich wieder hin, im Hotel, einmal ist Tag, ein andermal Nacht, dann sitzt die Katze am Fenster und streckt sich. Noch lieber schläft sie auf dem Bett. Die Leute kommen und gehen, schieben die Katze weg, reden auf mich ein, werfen mich aufs Bett, schlagen mich, sperren mich im Dunkeln ein. Durchs Fenster beobachte ich den Karneval, ich winke den Leuten zu, werfe Reis, Hochhäuser ragen empor, Riesenräder, ich mache das Licht an, mache es aus. Die Hotelzimmer sind kalt, nie ist genug Platz für die Dinge, die ich mitbringe. Unterm Fenster abwechselnd Kamele, Autos, Züge, Panzer, Karren, einmal zertrümmert der Sturm die Fensterscheiben, ein andermal stürzt sich jemand aus dem Zimmer über mir. Ich sitze auf dem einzigen Stuhl, betrachte meine Hände, sie sind trocken, rissig, sie zittern. Stille. Zum Abendessen kommen Männer und Frauen. Sie sagen: Das sind doch deine Kinder. Und hier sitzen deine Liebschaften. Ich stelle mich auf die Zehen, um sie zu sehen. Irgendwann jagt eine Granate fast das ganze Hotel in die Luft. Draußen Geschrei, Soldaten, menschliche Leichen, zerfetzte Tiere, Rauchschwaden, Wasserfontänen, Feuerwerk, die Augen tränen nicht mehr. Der Kaktus am Fensterbrett ist verdorrt, unten hat jemand ein Zirkuszelt aufgestellt, die Zimmermädchen haben frische Handtücher

gebracht, ich renne von Wand zu Wand und schreie: Ich geh nirgendwohin. Eine Hand greift nach mir. Wir stehen uns gegenüber, er küsst mich, zieht mich aus, umarmt mich im Bett, im Hotelbett. Auf der anderen Seite des Fensters ist Nacht. Ich sammle die Dinge ein, die sich in den Ecken stapeln und nicht mir gehören, ich werfe sie auf die Straße, Obdachlose heben sie auf, sie raufen sich um sie. Ich trinke, starre zum Schlüssel, starre zur Türklinke, damit sie sich nicht bewegt, starre zum Telefon, damit es nicht klingelt.
Ich starre in mein Inneres, damit ich nicht zusammenbreche.

Stell dir eine grosse Kugel vor, eine grosse Wiese, ein großes Bett, dich, ganz friedlich auf ihm liegend, die Leute werfen dir Margeriten zu, singen leise, immer wollte er sich an mich drücken, er wusste nie, wie er das anstellen sollte, meistens begann er zu zwicken, oder er stellte sich betrunken und ließ sich einfach auf mich fallen. Stell dir vor, er hat dich ausgezogen, dir übers Haar gestrichen, zu dir gesagt: Ruhig, ganz ruhig, es ist nichts, ich lasse nicht zu, dass dir jemand was tut. Die Massen werden zurückweichen, die Flieger werden vorbeifliegen. Stell dir vor, du wirst nicht geboren, oder nur für einen Tag, wirst geboren und weißt nicht, dass du geboren bist, dass du lebst, nur dein Körper arbeitet zerbrechlich. Stell dir Milliarden Körper vor, die morgens aufstehen, Milliarden Hände, die Nahrung zum Mund führen, die Tränen wegwischen, Milliarden Körper streicheln. Wir alle haben Angst. Wir schauen mit großen Augen nach vorn. Stell dir eine Kugel, eine Wiese, ein Bett vor, möge er wiederkommen, um mich auszuziehen, um mir leise zu sagen: Wir alle werden gehen, uns alle werden sie vergessen, wie wir sie zu Tausenden, Milliarden vergessen haben, keine Sorge. Stell dir meinen Arm vor, der dich drückt, dich festhält, dich einlädt, einzuschlafen. Es ist Samstag, du rufst an, dass du nicht kommen kannst. Das Essen landet im Müll. Ich höre einen Rettungswagen. Ich stelle mir vor, dass dir dort irgendwo etwas zugestoßen ist, dass jede Hilfe zu spät kommt und dass ich dich vergessen kann. Ich stelle mir eine große Kugel vor, eine große Wiese, ein

großes Bett, unter der großen heißen Sonne, mich, verlierend
zwischen Händen, Papageienschreien, dem Brummen
der Großstadt, Schiffen, Meteoriten, Zeitungen, dass
niemand mehr von mir weiß, dass die Zeit weitergeht,
und man essen, atmen, gehen muss, essen, atmen,
gehen …

Mir gelingen keine Fotos mehr. Meine Hand zittert, wenn ich auf den Auslöser drücke, wackelt die Kamera. Alle Bilder sind unscharf, verwackelt, als ob die Welt so wäre. Die Konturen scharfzeichnen, mit hoher Lichtstärke, wenn Dinge, Gesichter, Städte erkennbar sind. Sich beruhigen. Tief atmen. An nichts denken, an niemanden. Ich muss nichts machen. Großmutter hat immer gesagt: Nur sterben muss man. Hat sie das wirklich gesagt? Oder jemand anderer? Bei unscharfen Bildern ist das egal. Ich sage dir dieses, du verstehst jenes. Wahrscheinlich sind meine Wörter verwackelt. Aber die Jahre vergehen und meine Hand wird noch mehr zittern, alles wird noch undeutlicher sein. Drei Hunde laufen über die Straße. Ich fotografiere. Ein komischer Fleck auf einer Ebene. Ich betrachte dich, wie du im Bett schläfst. Ich fotografiere dich. Ein Fleck zwischen Wolken. Mit den Jahren sind deine Formen verschwommen, es gibt keine klaren Konturen. Du wirst zum abstrakten Bild. Unsere Beziehung ist immer abstrakter. Unser Leben.

Die U-Bahn stand in der Station und es sah nicht danach aus, als würden die Türen schließen und wir die Fahrt durch die Tunnel unter der Stadt fortsetzen. Eine gebrochene Stimme krächzte aus den Lautsprechern, für die andern deutlich genug, um den Zug zu verlassen. Ich verstand das Gesagte nicht, stieg aber instinktiv aus und bewegte mich durch die lange Station zum Ausgang. Mir ging die Frage durch den Kopf, wie ich jetzt dorthin käme, wohin ich unterwegs war, zugleich fragte ich mich, was mit denen war, die immer noch ruhig im Zug saßen. Unweit vom Ausgang blieb ich wie erstarrt stehen, der Menschenstrom zog an mir vorüber, ich aber konnte meine Gedanken nicht ordnen. Soll ich nach oben gehen und durch die halbe Stadt laufen oder soll ich wieder in den Zug einsteigen. Es war lächerlich, so dazustehen, ich musste mich irgendwie weiterbewegen. Ich ging zum ersten Waggon und stieg ein. Die Stimme krächzte hin und wieder, ich setzte mich hin und schaute herum. Dort verließen immer noch welche den Zug, hier irgendwie gleichgültige, müde Gesichter, die womöglich für immer so dasitzen würden. Der Fahrer stieg nervös ein und aus, ein Haufen Stimmen gaben irgendwelche Anweisungen durch, ich schnappte nur auf: Durchsuchung der nächsten Station, wir bitten um Geduld, wir entschuldigen uns für die Verspätung

– und mich durchzuckten die U-Bahn-Explosionen und das seltsame Gefühl, dass sich die Türen gleich schließen und wir in den Tunnel fahren würden, um uns zerfetzen zu lassen. Als stünden wir bei offenen Türen in der Station, damit man es sich noch überlegt, damit die gebrochene Stimme in rätselhaften Chiffren mitteilen kann, dass wir noch warten können, dass es mit dem Sterben nicht eilt, doch die Fahrgäste lassen sich in ihrer Abgestumpftheit nicht stören, sie haben sich damit abgefunden, dass sie der Zug in den Tod fahren wird, und ich sitze hier bei ihnen und mir ist nicht klar, warum, schließlich bin ich nicht zum Sterben in diese Stadt gekommen, warum stehe ich denn nicht auf, wie alle Vernünftigen, und verlasse den Schauplatz. Ich spürte, dass ich müde war, dass ich keine Lust hatte, die Stufen hinauf ans Licht, ins Leben zu gehen, dass dieser Zug mir wie gerufen kam, um mich ausruhen zu können. Der Fahrer stieg ein, ein schrilles Pfeifen, die Türen gingen zu und wir fuhren in den Tunnel.

UND NOCH LEISER BIN ICH IN DER STILLE, AUF ZEHENSPITZEN gehe ich im Zimmer umher, vorsichtig blättere ich die Seiten um, jede Kleinigkeit macht Lärm, ich möchte nicht laut sein, ich will kein Lebenszeichen von mir geben. Glückseligkeit der Stille, wenn ich am Bett liege, regungslos, stundenlang an die Decke starren kann, ich erkenne jeden Walzendruck, jede Farbschicht, die weißen Muster auf dem weißen Untergrund, wie ein leises Rauschen in der Stille. Oder ich schaue aus dem Fenster, sehe ein Stück Himmel, das alle paar Minuten ein Flieger im Sinkflug quert. Immer in dieselbe Richtung, immer auf derselben Linie. Und auch weil ich weiß, dass niemand kommen, niemand klopfen, niemand klingeln, niemand anrufen wird, tagelang, wochenlang. Manchmal gehe ich hinunter auf die Straße und durch die Stadt, stundenlang, geborgen, denn ich werde niemandem begegnen. Ich denke an die Menschen, die es nicht mehr gibt. An die Jahre, die es nicht mehr gibt. Und auch weil ich diese Gedanken näher holen und in die Ferne rücken kann, einige verscheuche ich ganz, weil ich feige bin, denn manche Erinnerungen schnüren mir die Kehle zu, weil mir die Bilder der unaufhaltsamen Zukunft den Atem nehmen darum mein stilles Liegen Schweigen Näherholen, In-die-Ferne-Rücken.

MIR SCHIESST EIN, DASS ICH PLÖTZLICH STERBEN KÖNNTE, BEI einem Verkehrsunfall zum Beispiel, oder einfach so. Was ist dann mit dem Hund, ist mein erster Gedanke. Die andern werden sich schon zurechtfinden. Dann wird mir eng in der Brust: jemand könnte in meinen Sachen wühlen; wird sie denn jemand durchwühlen, seltsame Aufzeichnungen entdecken, alte Briefe vielleicht? Und tiefer im Schrank werden die Hände Fotos ertasten, zuerst aus der Kindheit, dann von allen möglichen Liebhabern, bekleideten, nackten, wie sie mir zulächeln, oder böse dreinschauen. Die pornographischen werden sie sicher am meisten interessieren. Soll ich sie vernichten, solange noch Zeit ist? Das Auto soll warten, das Erdbeben auch. Ich will nicht, dass jemand meinen Dildo benutzt. Oder sonst irgendwas. Das kann ich unmöglich in meinen letzten Willen schreiben. Das kann beim Nachlassverfahren nicht verlesen werden. Ja, und dort sind noch andere Sex-Utensilien. Die Nachbarinnen schielen in den Schrank, die Kameras klicken, vielleicht finden sie sogar Knochen, einen Schädel, ein schwarzes Loch, meine Panik vor ihnen, hasserfüllte Pamphlete gegen den Staat, Pläne für Bombenanschläge, Drogenrückstände und ganz unten in der Schublade die Haarsträhne, neben der ich nie schlafen konnte.

Ich tanze, halte eine Flasche in der Hand und trinke. Vor mir ein junger Typ. Unter hunderten Gesichtern taucht gerade seines vor mir auf. Ich reiche ihm die Flasche. Er trinkt. Die Flüssigkeit rinnt ihm am Mund vorbei und kriecht über seine nackte Haut, bis zum Hosengürtel. Ich möchte sie mit der Zunge auflecken. Was für ein Kitsch! Er fuchtelt mit dem offenen Hemd, als wollte er mich verscheuchen. Oder unter seine Flügel nehmen. Wie betört schaue ich ihn an, mir ist schwindlig, ich scheine zu fallen. Ich liege nackt im Bett. Arme umklammern mich. Zwischen dem Tanz und diesen Armen ist nichts. Ich blicke in das Gesicht, vielleicht ist es doch wahr, überlege ich, und hier neben mir liegt der tanzende Typ, nackt, er klammert sich krampfhaft an mich, er scheint zu schlafen. Ich versuche mich zu befreien, drehe ihn auf den Rücken, stütze mich über ihm ab, küsse ihn, bis er die Augen öffnet und mich anschaut, als wäre das schon seit zwanzig Jahren seine Art aufzuwachen, neben mir, als ob nichts passiert wäre. Dann macht er den Mund auf und sagt auf Spanisch: Ich kann mich nicht bewegen. Ich weiß nicht, was ich antworten soll. Es gibt viele Möglichkeiten, bleiben und ihm in die Augen schauen, ihn streicheln, oder auf der Stelle gehen, oder ihn ohne zu zögern erwürgen, oder einfach den Fernseher abdrehen, in dem eine dieser rührseligen

Seifenopern läuft, wer weiß. Ich schweige. Er hält mich
noch immer fest, wie im Krampf. Er schaut traurig und sagt:
Du hast es gut. Dich haben sie in die Schule geschickt,
du hast ein Zuhause, du arbeitest, kannst reisen, schleppst
Typen ab, dann machst du die Tür hinter ihnen zu.
... Ich verstehe kaum, was er sagt. Mir wäre am liebsten,
er würde damit aufhören, doch die Melodie der Sprache
wiegt mich in den Schlaf. Als ob sie etwas Schönes wäre.
Als ich aufwache, ist keiner da, die Wohnung ist leer,
da sind meine Sachen, schnell schaue ich nach, ob
etwas fehlt, alles ist da, kein Zettel, nichts, als hätte
ich nur geträumt. Und trotzdem, warum liege ich
hier, nackt, zwischen fremden Wänden, wie in
Panik ziehe ich mich an, die Tür ist nicht abgesperrt,
ich suche die nächste Metro-Station, damit ich
überhaupt weiß, wo ich mich befinde, ich fahre
heim, vielleicht ist er dort, vielleicht liegt
er in meinem Bett und wartet auf mich.

Wir liegen auf meinem Bett, es ist viel zu schmal, tausende Kilometer weit weg von daheim, draußen wird es dunkel.
Ein so geruhsamer Tag, Sonntag, müde von der Reise.
Noch an der Rezeption hat er gesagt: Mit zwei Betten.
Damit niemand auf dumme Gedanken käme, hier, wo ihn niemand kennt. Schon seit Jahren nervt er mich mit seinen Muschis, auf der Straße starrt er ihnen nach, er macht anzügliche Bemerkungen, greift sich an den Schwanz. In einem Ansturm von Leidenschaft sagt er zu mir: Schatz, du bist doch mein Schatz? Jetzt drückt er sich an mich, als würde ich weglaufen wollen. Er hat einen Frauennamen für mich erdacht und erwähnt ihn allen gegenüber. Seiner Mutter erzählt er von ihr am Telefon, in der Arbeit gibt er vor, zu seiner Frau zu müssen, sein junger Kopf baut sich eine Phantasiewelt auf, die über mich hinauswächst. Manchmal ist er wütend auf mich, sagt, dass man die Schwulen alle durchficken müsse, zuallererst mich, und ich solle mir ja nicht einbilden, dass er für mich etwas empfinde, außer Mitleid. Dann verschwindet er für ein, zwei Wochen. Zuerst hat das alles noch wehgetan, dann habe ich doch das Gefühl gehabt, dass das Leben nun mal so ist und alles vergehen wird, dass ich nichts machen kann, mein Körper wird so oder so versagen und es wird ganz egal sein.
Er aber leidet, ich sehe, wie er leidet, er zuckt im Schlaf, manchmal schreit er, er packt mich und sagt, dass

er mich nicht hergeben werde. Ich schaue ihn an,
an diesem Sonntagabend, im Hotelzimmer, lege
das Kissen auf seine Brust, nehme den Revolver, ziele,
drücke ab. Die Schüsse wecken mich, ich sehe,
wie er sich ans Herz greift, er starrt mich an,
sein Kopf sackt weg, Blut sickert hervor.

Wenn ich nicht schlafen kann, gehe ich in die Spelunke
nebenan. Eingangs Billardtische, schnurrbärtige
Frauen mit Billardstöcken, sie trinken Bier, fluchen,
hinten wälzen sich diverse Typen auf den Pölstern,
schauen kichernd herum, ziehen sich Pizzastücke
rein und schlecken sich die Finger ab,
ich schaue mich um, wo mein Stuhl ist, jahrelang ist
er dort in der Ecke gestanden, ich bin dort gesessen
und du auf meinem Schoß, ich habe dir das Haar
glattgestrichen, und du hast es wieder zerzaust,
jetzt steht dort die Jukebox und ein langhaariges
Wesen starrt sie an und rüttelt sie. Ich gehe
zur Theke und warte und warte, dann frage ich:
Wo ist denn mein Stuhl hin? War er nicht gestern
noch dort? Ist mir neu, dass Sie einen Stuhl bei uns
haben, Sie fragen das zum hundertsten Mal. Ich
schaue ihn an, er kann ja nicht wissen, was hier
früher mal war. Also sage ich besser nichts. Dann
entrollen sie eine Fahne und die Hymne ertönt. Nichts
Aufregendes ist an den Leuten hier, Billardkugeln,
Pizzastücke. Meinen Stuhl haben sie weggebracht,
Kleinholz haben sie aus ihm gemacht, dich haben sie
verjagt, damit du dich in der Vorstadt herumtreibst
und ich dich nicht mehr finden kann, und doch
scheinen alle irgendwie davongekommen zu sein,
es fehlt ihnen nichts. Nur ich, der Loser, hänge an der
Theke und suche den Stuhl, den es nie gegeben hat.

Sieben Uhr morgens. Schon in aller früh das Gefühl, dass ich mir selber Post schicke. Schon auf der Post haben sie mir gesagt, dass Absender und Empfänger nicht identisch sein können. Dass es keinen Ort gibt, wo wir ankommen sollen. Dass es keine Antworten gibt. Dass ich aus dem Fenster schaue und davor war nichts. Die Arbeiter auf der Baustelle machen schon Krach, immerzu ziehen sie neue Gebäude hoch. Damit die Welt sich verändert. Damit sie vorankommt. Sie warten darauf, dass ich ausziehe, damit sie das alte Haus abreißen und ein neues bauen können. Die Sonne, die friedlich aufgeht. Autos, die auf der Autobahn stehen. Das Gefühl, sie fahren nirgendwohin.

LIEBER ALI, ICH KONNTE DICH NICHT TREFFEN UND mich deinen Küssen hingeben, weil mich die Agentur kurzfristig in diese Hafenstadt geschickt hat, damit ich inkognito das Verladen der Sonderlieferung unserer kostbaren Teppiche überwache. Ich durfte mit niemandem darüber reden, sonst wäre ich den Job losgewesen und du somit das Geld, das du so dringend brauchst. Halt ein paar Tage aus, bis ich zurückkomme. Ich verfolge hier das Geschehen und denke die ganze Zeit an dich. Obwohl ich sagen muss, dass man mir im Hotel, in dem ich untergetaucht bin, einen Inder untergejubelt hat, sicher einen Agenten, auch wenn er noch sehr jung ist. Sie haben gesagt, es ist üblich, dass jeder Gast seinen Zimmerburschen hat, der immer zu Diensten ist. Wenn ich im Zimmer bin, ist auch er da. Er plappert etwas in seiner Sprache und grinst breit. Er klebt mir ständig an den Fersen, wenn ich liege, massiert er mich, und nachts schlüpft er zu mir ins Bett und schmiegt sich an. Er küsst mich am ganzen Körper, ich aber rühre mich nicht. Hast du ihn etwa geschickt, Ali, damit ich dich nicht vergesse, oder um meine Treue zu prüfen? Weißt du was, das geht zu weit! Sollte ich jemals zurückkommen, will ich nicht, dass du zu mir kommst. Ich nehme lieber meinen

Zimmerburschen mit, den ich nicht verstehe.
Mir scheint, alle heißen Ali!

TAGSÜBER BUMMLE ICH DURCH DEN HAFEN, zwischen den Lagerhallen, überall sind Müllberge, der Gestank ist erbärmlich, Lagerarbeiter, die ich auf Fotos sexy finden würde, wirken hier abstoßend, ich könnte es nicht ertragen, wenn sich mir einer näherte. Ich sehe den Unterschied, den ich früher nie sehen wollte. Du bist schön anzuschauen, wie auf einem Foto. Aber, wie soll ich sagen, du bist einfach dumm, und das ist zu akzeptieren. Oder man dreht sich um und geht. Irgendwie ist das auch deine Stärke, die dich noch weiter von dir entfernt.

Ich träumte, ich müsse sofort zurück in Stadt
meiner Geburt. Ungeklärte Umstände hatten mir eine
alte Urkunde in die Hände gespielt, die von
ihrer Entstehung erzählt. Ich hielt die Rolle
in meinen Händen und zitterte aufgeregt. Soviel
ich verstand, karrten römische Soldaten in
diese entlegene Gegend den Abschaum, den man
in Rom loswerden wollte. Streuner, Dirnen,
Selbstmörder, Säufer, warme Brüder, Diebe,
Fresssäcke. Zuerst verfrachtete man sie nur anlässlich
großer Feste hierher, dann aber auf Dauer. Damit sie
das Stadtbild nicht verunstalten. Hier, in Sumpf
und Nebel, würde niemand Notiz von ihnen nehmen.
Schadlos vermehrten sie sich und gingen ihren
Lieblingsbeschäftigungen nach. Mehr brauchten
sie nicht. Ferner hielt der mittelalterliche
Schreiber in gewundenem Latein fest, dass
vermutlich die aus dem Osten geflohenen
Wilden das ganze Gesindel erschlugen. Was das
einzig Richtige gewesen sei. Es sei jedoch völlig
unverständlich, wie schnell die Neuankömmlinge
den früheren Bewohnern zu ähneln begannen.
Diese Entdeckung erschien mir sehr wichtig,
obwohl sie meiner Stadt keineswegs gefallen
wird. Doch sie offenbart meine Wurzeln,
sodass ich besser verstehen kann, woher diese
Anziehungskraft von Sumpf und Nebel.

Zwischen den Lagern, den leeren Hallen, dem Müll,
huschen verdächtige Leute,
ich beobachte ihre Wege, womöglich stoße ich auf
einen heimlichen ... wo sich in der Dämmerung
zwischen den Traversen ... Flaschenzügen ...
Männerkörper aneinander reiben, ich folge ihnen
durch eine Tür, durch finstere Gänge, und dort ist
gebrochenes Licht, wie in einem Darkroom,
nur stärker, Stimmen, was ungewöhnlich ist,
dann ein Saal, eher ein Keller, mit einer Bühne,
mit Lichtern, es dauert, bis ich begreife, dass ich in
eine gefeierte Dichterlesung geplatzt bin, alles hat
sich hier eingefunden, junge behandschuhte Dichterinnen
in kniehohen Stiefeln und irgendwelchen Overalls,
junge Dichter in zerrissenen Pullovern, absolut
trendy, auch wenn sie nicht mehr ganz so jung sind,
aber jung genug, um eine Bühne zu betreten
und uns ihre Gedichte vorzutragen, alle blendend,
im Glauben, dass es wert ist, zu leben, dass es Spaß
macht und wichtig ist, hier zu sein, dass sie etwas
Außergewöhnliches sind, jeder Einzelne, nicht einmal
der Papa mit der Kapuze fehlt, der ewige Szenarist der
Kellerfreuden. Und was hat der halbnackte Barkeeper
hier verloren, mit seinem durchtrainierten Oberkörper,
den Ringen in den steifen Nippeln, dem Piercing in der
Nasenwand, bestimmt hat er auch eins am Pimmel,

doch das sieht man nicht, vielleicht zwinkert er, ich soll mit ihm aufs Klo, um nachzusehen …

Mit der Werbung für Kokain begann man sofort nach dem Ersten Weltkrieg. Ich meine ein Parfum dieses Namens. Das habe ich in einer Ausstellung über die damalige spanische Malerei gesehen. Fünf Uhr. Abermillionen Füße eilen durch die Straßen, aber nicht für den Bruchteil einer Sekunde stören sie den Flug der Möwe, die zu den Fischläden dort unten in der Stadt unterwegs ist. Der Fleischmarkt ist für uns. Nackte Haut, herbeigeweht aus aller Welt. Der Chinese liest seiner Nachbarin aus der Hand und bequatscht sie schon seit zwei Stunden. Wie gern wären wir wichtig. Wie gern würden wir in dieser Welt wenigstens eine winzige Spur hinterlassen. Mir wird alles auf den Kopf krachen. Die Stadt, die mich abstößt und die mich eingesaugt hat. Die uns jede Illusion zerschmettert hat, dass wir zu irgendetwas nutze sind. Auch die Abermillionen Füße braucht sie nicht. Wir sind klein, wir sind scheu, und das verbindet uns. Im Straßengedränge rücken wir zusammen, für ein klein wenig Sicherheit.

KOMM ENDLICH, SCHREIBST DU MIR. KOMM. ICH LÖSCHE deine Nachrichten. Ich hasse dich und dein Land. Ich habe dort nichts Schönes erlebt. Mein Leben lang hat es mich nicht atmen lassen, ich konnte keine echte Liebe erleben, keine Freiheit. Andauernd war ich vor ihm auf der Flucht. Ich habe getrunken, mich zugedröhnt, damit ich vergesse. Ich bin kein verblödeter Katholik, der vergeben würde. Ich kann nicht, die Bemerkungen, Verbote, Steine an den Kopf. Ich bin unfähig, zu vergessen. Hundert Jahre können vergehen, jedes schmerzvolle Detail bleibt und alle eure Versuche sind umsonst. Ich hasse eure Felder, eure Städte, eure Flüsse, eure Staaten, eure Bücher, eure Schulen, eure Filme, ich kann nicht beschreiben, wie groß mein Hass ist, wie groß mein Wunsch ist, euch nie wieder zu sehen, von euch nichts mehr zu hören, euren idiotischen Blicken nie wieder zu begegnen zu müssen, oooooooooooooooh, was geht es mich an, wenn du mich vermisst, die stillen gestohlenen Ficks zwischen vier Wänden, deine Scham, mir ist zum Weinen, wenn ich durch die verlassenen Docks gehe – welchen Docks, zwischen freigelassenen Walrossen – welchen Walrossen, wenn ich mir die Gesichter aus meiner Kindheit aus dem Kopf schlage, nur totale Amnesie könnte mich retten … es gibt keine Rückkehr …

nie mehr in das Land, das nur Hass bei mir auslöst. Das tut so weh, so weh …

Du fährst mit dem Fuss über den Boden. Irgendwie musst du diese Schreiberei ja beenden, sagst, du. Ich schweige. Mir schwebte immer vor, dass es ein Buch über den Tod werden müsste. Aber das wollte es dann einfach nicht werden, alles andere hatte sich vorgedrängt. Und jetzt, ganz am Ende, sitzen wir da und er hat sich zwischen uns gedrängt. – Ich möchte deine Hand nehmen, aber ich traue mich nicht. Vor uns eine weiße Wand, hinter uns eine weiße Wand. Wir sitzen im Warteraum. Du hast leicht reden, sagst du. – Was siehst du eigentlich vor dir, wenn alle Pläne gescheitert sind. Eine weiße Wand, ein paar Flecken auf ihr, die Spinnweben in der Ecke? Ist das das ganze Leben? Wenn du Glück hast, vielleicht eine gefangene Fliege ... Oder einen Sonnenstrahl, der durch das Fenster hereinscheint ...

ICH DREHE DAS BUCH HIN UND HER, OHNE ES AUFZUSCHLAGEN,
schaue auf die Uhr, das geht schon seit Tagen so. Ich
bin drauf und dran, dich anzurufen. Doch vorher
müsste ich im Buch nachsehen, was man Passendes
sagt. Was man fragen darf. Soll ich übers Wetter reden?
Die Gesundheit darf ich auf keinen Fall erwähnen. Auch
nicht die Gefühle. Was überhaupt? Keine Ahnung.
Wieder die Szene mit A., der auf den Stuhl steigt, sich die
Schlinge um den Hals legt und ihn wegstößt. So filmisch.
Oder B., der sich in den Mund schießt. Geschmacklos. Ich traue
mich nicht anzurufen, vielleicht gibt es am anderen
Ende niemanden mehr. Vielleicht bin ich wieder allein,
als ob sich die Tür schließt und du gehst, und sagst,
dass du wieder kommst, und bist für immer weg.
Ich drehe das Buch, starre zum Telefon, dann denke
ich nichts mehr, halte nur deinen Arm fest, der
wie tot auf meiner Brust liegt.

Wir sind Kriegsopfer. Zuerst des Zweiten Weltkriegs,
obwohl wir damit nichts zu schaffen haben. Von früh bis
spät wiederholt er sich über unseren Köpfen. Dann
des Jugoslawienkriegs. Hilflose Kriegsopfer.
Millionen von uns haben sich von den Jägern
nach Herrschaft, Macht und Geld
verführen lassen. Was hat uns das gebracht.
Ein schlechtes Gewissen. Ein leichtes Hinken.
Albträume. Preisnachlass an Samstagen. Neue Feiertage.
Neue Fahnen. Neue Diagnosen. Therapien. Wir
hatten so wenige Jahre. Und wir haben sie nicht
genutzt. Wir sind zu Kriegsopfern geworden.
Jetzt ist alles zu spät. Unsere Behinderung lässt sich
nicht auslöschen. Wir danken dem Präsidenten,
dem Bürgermeister, dem General, dem Priester,
den Hofphilosophen und Künstlern. Mit zittriger
Hand zählen wir unsere Tabletten, unseren
Kriegslohn, und hassen uns.

DAS PIEPSEN DES TELEFONS ÜBERRASCHTE MICH. ICH KONNTE
nicht sofort nachsehen, was in der Nachricht stand.
Aber es reichte, wie ein gutes Zeichen, dass ich
zu phantasieren begann. Womöglich hatte ein
heimlicher Liebhaber Lust auf mich. Und er
schrieb: Wir müssen uns so schnell wie möglich treffen.
Oder: Ich brauche dich. Was auch bedeuten
könnte, dass er Geld brauchte, aber vorher würde
er sich ausziehen und mich gierig umschlingen.
Ich zögerte, die Taste zu drücken. Schon hing ich
an seinen Lippen. Doch nein! Die Nachricht lud
mich ein, am Abend Transparente zu schreiben.
Von wegen Haut an Haut! Darauf hatte ich
wirklich keine Lust. Schon damals nicht,
als das in der Schule noch Pflicht war. Ich glaube,
es ging um Kärnten. Wahrscheinlich habe ich nicht
viel verstanden. Genauso wie heute. Noch früher
waren es höchstens Fähnchen, mit denen wir
von der Schule auf die Celovška gingen und
Tito zuwinkten. Das ganze Leben Fähnchen und
Transparente. Dabei hätte ich mir andere Lügen
gewünscht, und sei es nur für eine halbe Stunde,
streichelnde Hände, ohne Zeugen, allein,
um meine Schwächen behalten zu können.

Im Palast setze ich mich in den Garten und plötzlich fallen von den riesigen Schwertern, Säbeln, Foltergeräten dieser unübersichtlichen Stadt, die mit einem Bein auf dem einen und mit dem andern auf dem anderen Kontinent hockt und sich nicht bewegt, alle Diamanten auf mich herab. Sie lächelt mir zu und umspült mich mit herrlichem künstlerischen Geschick. Was sind die Bomben des letzten Jahrhunderts im Vergleich zu diesen prachtvollen Werkzeugen des Todes. Hoffentlich hat man wenigstens keine Gedichte in den Dienst des Mordens gestellt. Obwohl gesungen wird, gesungen auf Schritt und Tritt. Sie werfen sich auf den Boden und bejammern ihr Schicksal. Ich gehe über die Brücke, in der Bar reiben sich die Männer an meinen Knien, ihre langen Goldhalsketten klimpern wie Münzen. Ein Taxifahrer offenbart mir lang und breit seine schreckliche Lebensgeschichte, um mein Herz zum Schmelzen zu bringen, damit ich seine Schwester, seine Tochter, Gott höchstselbst rette, sonst sticht er mich ab. Wie hätte ich mich wehren sollen. Langsam senken sich die Minarette, auf Schritt und Tritt melden sie sich zur Armee, so nichtig sind unsere Leben, in jede Fahne werden Millionen gehüllt, wahrscheinlich sind darum alle Fahnen so hässlich, sie löschen uns aus, dabei wollen wir vielleicht einfach nur lieben und leben, uns zärtlich mit den Fingern berühren und bis zum Morgengrauen tanzen, benommen, um die eigene Achse, bis wir ohnmächtig werden.

VERWISCH DEINE SPUREN, LÖSCH ALLE ERINNERUNGEN UND FANG noch einmal von vorn an. Nicht ganz von vorn, lieber nach der, als du dich umbringen wolltest. Die Zeit hat nicht gepasst. Noch ist nicht Zeit. Und noch einmal, hundertmal, tausendmal noch, von vorn, immer von Neuem erstaunt, immer mit … - - - - - - Geh fort. Woandershin. Jeder Tag endet. In diesem Bett. In jenem Bett. Bevor die Umarmung kalt wird. Bevor das Leben überflüssig wird. Die Menschen um dich völlig überflüssig werden. Und du verdummst. Ergreif den Moment, in dem man sich abwenden muss. Nichts sehen. Nichts hören. Nur die Spuren verwischen. Sich am hellen Bild der neuen und neuen Anfänge berauschen. Auch wenn du zauderst. Du tust, als wärst du nicht daheim. Hältst den Atem an, wenn der Junge hereinwill, aber er kann nicht - - - - - - Beim Schreiben dieser Zeilen, möchte ich am liebsten weg, hundertmal, tausendmal, millionenmal. Um die weiche braune Haut zu bewundern, neben der meine barbarisch wirkt. Um der Stille der Nacht zu lauschen, bei der mein Flüstern wie ein Bomber dröhnt. Ich würde dem einen Bild des Todes entfliehen, damit sich ein anderes auftürmt. Ich pendle zwischen Verzweiflung und einem Funken Freude. Wenn ich die enge Umarmung spüre, einen Kuss auf den Rücken, dann sofortiger Rückzug - - - - - - denn wir haben den Burschen nicht beigebracht, zu lieben, sondern nur zu schießen, hundertmal, tausendmal, millionenmal, das ist ihre

einzige Freude - - - - - - Die Spuren hinter sich verwischen
das Leben verlassen   vergessen.

WAS IST DIESER GANZE EXHIBITIONISMUS, DIESES ZURSCHAU-
stellen. Woher kommt das alles. Ich erinnere mich, dass ich ein
Sängerstar werden wollte. Ich weiß nicht, ob das bei
den Kindern damals so populär war wie heute. Sicher
nicht unter Jungs. Deswegen habe ich mich heimlich
geschminkt, entstellt und mit einem Luftmikrophon
vor dem Spiegel verrenkt. Ich glaube, ich habe
das ganze San Remo Festival nachgespielt. Und
mich, o Schande, zu einem Casting angemeldet. Für einen
dieser Kekec-Filme. Nur gut, dass es nicht geklappt hat.
Das wäre ein echter Skandal gewesen: ein schwuler Kekec!
Ich habe aber später, oder früher, in irgendeinem Zwerg
Däumling geglänzt, der war klarerweise ich, weil ich
immer der Kleinste in der Klasse war. Ich weiß aber
nicht mehr, warum aus meiner Schauspielkarriere nichts
geworden ist. Und warum ich dann sehr bald angefangen
habe, die Bühne zu hassen. Und die Bühnenbeleuchtung.
Und den ganzen Prunk. – Ich konnte nicht singen.
Ich war kein Schauspieler. Ich konnte nicht zeichnen.
Konnte ich jemals schreiben? Vielleicht wäre es nicht
schlecht, wenn ich auf der Bühne liegen, mich verrenken,
herumkriechen und ins Mikrofon heulen würde. Ganz in Leder.
Und um mich herum würden sich nackte Teenager räkeln.
Das Publikum würde gähnen und auf die Uhr schauen.
Diese Zeiten sind vorbei. Jetzt könnte ich nur dann
Wirkung erzielen, wenn ich mich mitten in einem Gedicht

auf der Bühne in die Luft jagen würde. Aber ist es das wert. Ich sollte besser anfangen, ins Publikum zu schießen und mich dann auf die künstlerische Freiheit berufen. Manche fügen sich auf der Bühne Schnitte zu, andere gebären vor der Kamera, ficken, erbrechen, ich verstecke mich im Dunklen und atme als unsichtbarer Geist den Leuten in den Kragen.

Irgendwo zwischen Lesen, Schlafen und Theaterlampen sehe ich eine Frau mit zerzaustem Haar und langen Fingernägeln, die auf ein hohes Baugerüst geklettert ist. Sie schreit auf die Leute mit den Einkaufswägen, den rotznasigen Kindern hinunter, dass sie springen würde. Die Erschrockenen machen Platz, nur unten, bei den Ziegeln, hockt im frischen Beton ein Dichter und zieht sich einen Plastiksack über den Kopf. Jetzt sehe ich mich, an einem Tisch sitzend, ich blättere in einem großen Buch. Auf dem Ledereinband steht Das Liebesleben des B. M. Ein Faschingstanz, oder ein Totenreigen, und mit Mühe schlage ich die Seiten um, in der Hoffnung, wenigstens auf eine Erfahrung zu stoßen, die mich zufrieden stellen würde. Verblasste Fotos von für sich schon verblassten Augenblicken der Angst, der Impotenz, der Aggression, ohne Gefühl, eine breite Palette an Verletzungen, die ich pflichtbewusst in das Album geklebt, einem Hofschreiber gleich mit Notizen versehen habe, mit denen ich gealtert bin, mit schwindender Hoffnung auf irgendwas. So ein Buch hat keinen Wert, ich mache Schluss, schlage es zu, stehe auf, die Frau vom Baugerüst springt in die Tiefe, zerschellt zwischen den Rotznasen, das Gesicht im Plastiksack verfärbt sich blau, der Beton ist ausgehärtet, von irgendwoher tönt Musik, eine Werbestimme verkündet die Zeit neuer Binden, ich versuche den

Bengel aus der ersten Reihe zu fangen, um ihn für mein Herbarium plattzupressen, mit blauen Augen schaut er mich an wie ein Hund.

ICH WUSSTE IN MEINEM LEBEN SEHR LANGE NICHTS ÜBER den menschlichen Tod. Niemand starb. Oder es wurde mir einfach verheimlicht. Der Friedhof war weit weg, hin zu ihm brachten sie mich nie. Vor ewiger Zeit starb zwar vielleicht ein Verwandter, aber das war schon Legende. Nur die Tiere starben. Manche zwang man mich zu essen – noch heute spüre ich den elenden Geruch der mit kochend heißem Wasser übergossenen Federn. Wie geschickte Finger das Huhn rupften. Andere tote Körper wurden mir überlassen. Der Tierfriedhof war eine meiner ersten Schöpfungen. Nur meine Welt. In der mich niemand störte. Warum ich die Tiere in kleine Schachteln tat, ist mir nicht klar. Und warum überhaupt vergrub ich sie? Ich erinnere mich nicht, wo ich das herhaben konnte. Fernsehen hatten wir wohl noch nicht. Warum spielte ich Begräbnis und warum trauerte ich? Ich weiß, dass ich früher manchmal Angst vor dem Einschlafen hatte. Nach dem Tod des Nachbarn, als man mir sagte, er habe im Schlaf zu atmen vergessen. Ich deckte mich bis über den Kopf zu, atmete ein, atmete aus und hielt die Augen weit offen. Die Tiere vergaßen nie zu atmen. Ihr Tod war rätselhafter. Und fast immer kam er plötzlich. Noch am Vortag tapsten sie herum, dann verschwanden sie, und ich fand sie irgendwo, starr und kalt. Aber sie blieben bei mir, ich legte sie auf den Tierfriedhof, mit Blumen, mit fürsorglicher Hand. Später wünschte ich immer etwas Ähnliches für mich. Zu sterben wie ein Tier.

DU MÜSSTEST WIEDERKOMMEN, MIT VIERZEHN, FÜNFZEHN, und ich hätte keine Angst mehr. Wir könnten uns das Leben ausmalen, eine Weltkarte aufschlagen, die Meere bereisen. Wenn du es weniger eilig hättest und nicht lügen würdest, dass du schon siebzehn bist. Du warst müde, als wärst du schon einundzwanzig und drüber. Wenn sich der Wunsch regt, zu sterben. Als wäre es ein Spiel. Du müsstest wiederkommen, ohne Gepäck, ohne Eile. Du würdest dich ins warme Wasser, legen, langsam auftauen, deine Haut würde immer praller, weicher, auf den Feldern würden sich die Köpfe der Sonnenblumen bewegen, der Zug würde weiterfahren, ein Kinderchor würde singen, die ersten Schaufeln Erde würden auf den Sarg fallen, die Wolkenkratzer würden sich im Wind bewegen wie Getreideähren, Hubschrauber würden zwischen ihnen brummen, du aber würdest aus dem Wasser aufstehen, dich nass an mich schmiegen, an deinem Daumen saugen und dein Samen würde über meine Schenkel rinnen. Du müsstest wiederkommen, damit ich das Fenster öffne, die Schlinge von der Decke nehme, damit Wolken herbeijagen, mit Gewitter und Regen, damit wir nass die Straße hinunterlaufen, unter einem Dach frösteln, uns küssen, wie beim ersten Mal, damit ich zu träumen anfange, und dann könntest du gehen. Die Bilder hätten sich in Bewegung gesetzt, die Menschen würden zu meinem Haus strömen, Väter würden mir bewegt ihre jungen, in weiße Togen gehüllten Söhne schenken, aufreizender Frieden würde sich auf meinen Körper legen, ich würde ihr blondes Haar streicheln, sie aber würden mich mit ihren spröden Muskeln ins Bett ziehen, um in mir zu wohnen.

INHALT

INHALT